瑶诗派

第二辑

李少君 陈作涛 主编

中国文联出版社

永恒的练习

述川

著

作者简介

述川

1992 年生于江苏常熟，
毕业于武汉大学文学院。
作品散见于《诗刊》等。
现居北京，
新手村图书编辑。

目录

永恒的练习   001

事物书   002

我走在四面的风里   005

哭泣的人   006

星夜   007

秋分   008

雾中车站   009

冬日   010

黄昏   011

雨   012

一生   013

雪的记忆   015

冬夜行   016

哀歌   017

顺流而下   018

一片荒地   019

风景   020

明日小满   021

鉏麑之死   022

写诗是为了什么   025

烟波门
　　——给朝贝   026

雨中迟寄
　　——给午言   027

赠曹圆   028

最后的东湖   029

影的涂写   030

夏日绝句   031

突然飞临的事物   032

重逢有赠 033

十一月 034

雪歌 035

无题 037

北方的冬天很快就要过去 038

四月二日东湖道中遇雨 039

并不为他带来鲜花 040

松陵镇即事 041

凌晨五点雷声大作 042

暴雨蓝色预警 043

回乡偶书 044

淼泉镇的三座桥 045

雨中 048

立春 049

二十四年 050

红花檵木 051

去看海河
　　——给午言 052

配钥匙途中 054

晚年 055

乌鸦飞过东四十条 056

理发途中 058

出殡（一） 059

出殡（二） 060

在外滩 062

我准备出门去买些土豆 063

从家乡街头购得两枝木樨返京 065

初夏夜 066

元大都遗址公园 068

无人售票 069

道旁见杏花作 070

雨夜即事 071

偶感
　　——遥寄姜饼君 072

昆明湖 073

一线天外
　　——给 Z 074

路边野餐
　　——兼赠小桉 075

雨中短简 077

未竟之诗
　　——兼赠立扬 078

草稿
　　——给于笑 079

川陕哲罗鲑 080

超级月亮 082

JOKER
　　——戏赠诸牌友 084

在新馆打完羽毛球，骑车回家，忽见一丛黄花闪耀 085

想起朋友在武汉江滩边的婚礼 086

重过烟波门 087

重游东湖凌波门栈桥
　　——赠段慧明，兼寄武汉诸友 089

永恒的练习

木叶纷纷，降落与季节无关
——我们仅是无可挽回的一片。

只有松树例外。墨绿的针簇
在来回刺探着虚空——

恒久的孤独的运动。而春天
不断抽出新芽，避人耳目。

玫瑰

你尚未开放就已经要凋谢！
命运多么残酷：一滴血红的玫瑰。

委身于腐土，枯萎到尘埃，却
无限地感受到永恒。

而这一瞬息的温柔，我愿意
轻轻别在你的胸前。

面具

生命暴露在外，逐渐
氧化：抵御生活的风暴。

我频繁地更换面具——
成长或者说衰老的速度。

当面具开始呼吸和微笑，
一颗柔软的心被击毙。

玉兰

你渴盼无声的惊雷——

那是灵魂在顶裂头骨的缝隙,

是雪白的火焰凝固在枝头。燃烧,
燃烧成一颗心跳动在深深的夜, 直到

风举起镰刀, 直到我的身体
收起所有蠢蠢欲动的骨节。

贫穷

有的人因为富有而贫穷,
而更多人因为贫穷而贫穷!

本就一无所有, 终究要被洗劫一空
——但请握紧这贫穷的真实。

渴望饱满的生命呵,
注定比野兽更贫穷。

桂花

并非看见, 而是闻到
细小的花粒不怕藏在绿叶中间

并非闻到, 而是想念
晒干的桂花能用来做特色的糕点

并非想念, 而是忽然看见

死亡

日子被无声地碾碎，
堆起一座矮矮的坟。

我们健壮，我们鲜活，我们跳着
最欢快的舞步：一排黑色的韵脚。

我们开始缅怀。无形的幕布
从身后，悄悄地覆盖上衣领。

我走在四面的风里

我走在四面的风里
内心升起赤裸的欢愉
人群在耳边隐退，只剩下
世界在风中闪耀——
一颗拂去尘埃的宝石
或者一滴久别重逢的泪

远山和蔚蓝离我一样地近
它们不需要眼睛就可以泛出透明的神采
像风轻轻拨动起太阳的金线
从午后樟树的指缝里
将跌落的鸟鸣声
一一串起

我走在赤裸的欢愉里
等一个人来
与我相爱

哭泣的人

我走在一个
狭窄的夜晚
雨丝落向我的
前额，也落向
路旁——一个抱膝
哭泣的人

哭泣的人没有名字
只有声音
他坐在飘雨的夜里
哭，悲伤镀亮了雨丝
我只能看到他起伏的肩
却不知道他跋涉过怎样的雨

我经过他的身旁
距离却丝毫没有变近
细雨飘向世界上
所有的夜晚
而路旁曾有一个
正在哭泣的人

星夜

（一）

今夜只能看到一颗星，但却是
不可数的。它穿行在层层的
云雾里，只以冰冷和明亮
示人。

我说不出自己爱着一个人。只是
想着，在空茫的梦里升起
一颗星，能停留在
你的窗口。

（二）

今晚的星星很多，但却是
可数的。屋舍已经安睡，远处
竹林也渐渐停了交谈，留我一个人
在夜色里出神。

它们时隐时现，像回忆
忽然就漫过双眼。我依然能指认
轮转到今天星群的形象，正如它们熟知
我相爱的所有往事。

秋分

时光将自己对折
一展翅就飞离了掌心
屋檐下只剩树影还坐着
读天空飘落的来信

往昔的云可以大得没有边际
轻伏在嬉游的山脊
现在秋日梳理起她的羽毛
把自己裹进更漫长的夜

雾中车站

此刻，车站显得这么小。世界喷吐出
大片浓白的鼻息，将我团团围在
一群茫然失措的回忆中间
黄色的灯光亮起，白桦树孤立无援。

铁轨遗失了首尾，只留下一截冰冷
在等待。来回的脚步不断丈量着
钟表的刻度，有一瞬的重合，更多是在
分离。我难以幸免。

大地开始醒转。但雾并没有消失
它只是退回了车站。雾里的铁轨仍在等待
完整：旧日列车的片刻停留。远远看去
就像一滴模糊的灰白色的眼泪。

冬日

金色的叹息已经蓄满了大瓮。
现在适合坐到窗前，独自
等雪覆盖一切。

眼睛习惯于失去颜色，
最后连白色也保全不住。
你想说雪，可雪是透明的，
像一块石头的沉默
寄存在方形的窗玻璃中。
它偶尔会被寒风弄得嘎嘎作响，
让人想起长久以来
母亲的叮嘱。

往事已深入冰雪。
所有残酷的事物露出了
真容：白桦林赤条条立着，
没有什么比它更高，除了故乡
屋顶上的炊烟。而更远更细的，
是我此刻涌动不息的悔恨。

一成不变也是种优秀的品质，它意味着
可以重新长出四肢和愿望。

黄昏

天空正在迅速收拢它的袋口
正如我走着走着忽然停住，手顺势去寻找衣兜

太阳的酒浆把每一扇窗户都灌得醉醺醺的，只有红绿灯
依旧秩序井然。谁都没有注意，路灯泛起了黄晕

一个刹那要如何注意，我们只能偶遇，像你的偷笑
像黄昏：一根悬针恰好落入时间的缝隙，仿佛有什么

一闪即逝。记忆在昏暗的水面上
只轻轻点过一下子

雨

并不是所有的事物都能变得明亮，在雨中
昏暗的往往更加昏暗，譬如我要费些力气才能认出
一对避雨的乳燕。它们曾贴地而飞，寻觅昆虫
从那些我永远都叫不上的名字中间。
只有未知才可以契合未知：昆虫总能碰到和自己触角
　　等长的雨
就像雨总能捕捉到一双同样潮湿的眼睛。
变化从相遇开始（尽管如此细微），树林第一次
压倒了高谈阔论的人群（尽管没人在意）。
沉默在此时显得恰到好处，一把伞就够了，它开出词语
然而未必在讲述颜色，可能是无人收取的梦。
伞柄一旋，就滴溜溜斜飞进雨缝里。这儿刚闯进来
两只小鸟（我并不确定是乳燕），它们轻抖羽毛
雨就落向了过去所有的时刻。

一生

时间把自己奋力一掷，像年少时
一块不起眼的石头飞入了高空
燕雀无法去洞察它的轨迹
我也不能。我只希望它接受更多的光热
因为落地不过是眨眼的事

当你偶然捡起这块石头
（余温尚存或者早已熄灭）
是否发现了它所独有的纹路
就像一棵树最终坦白出年轮
使你猜测起它在某一刻的悲欢
可这便是全部了：你无法剖开它
——斧子再锋利也劈不开黑夜
（人们无法去进入一块失语的石头）
你想起从前的日子，有的明亮
有的昏暗且落满了尘，有一间房锁着
有一扇百叶窗前永远端坐一人
（是啊，爱上一个人就已经教人黯然）
看着桃花拼命地开，看着桐花不用风也落
看着夕阳落进眼前的杯子，没一点儿声响
你自言自语：没有声响只是我们听不到罢了
就像我们对石头里面的房间一无所知

（石头在风里碎成了更小的石头）

说着说着，你就把捡起的石头往远处
轻轻一抛，并不去看它落向了何方
只是就这么静静地注目远方——
一切清晰而遥远，仿佛我第一次惊叹于

一朵花的野心：要和星空一般灿烂
要和我们头顶这片石头的群落一起黯淡
落地之前，一切都是永恒的眨眼
我们只不过是被它们的美
暂时吸引，并深信不疑

雪的记忆

此刻，雪正安静地伏在黑色的瓦上
这些云的碎屑，仍旧要归还给云

它们趁夜而来，像缠绵的雨燕
它们身姿灵巧，避开了白昼的喧嚣

但没有避开路灯和屋檐，也没有避开草叶
和苔痕。所有梦抵达的地方，它们一一停留

停留意味着，来到了告别的时候
而雪比我更明白：消逝并不是死亡

就像曾经相爱的时辰归还给长夜
屋顶之上，天空依旧明亮逼人

冬夜行

一切都在缓缓行进——
朝着我消失的方向

黑暗中只有松树
上前，递给我一根
春天的引线

哀歌

树影正在一寸一寸地偏移。
我能看见蓝色，从众多的回忆中间
像赤脚走过高高的草地，砾石无处躲藏
坚硬的只能被粉碎，就像镜子不能被锻造成
发亮的河流。朋友啊，是河流将我们分开

因曲折而仍可能再次汇聚。
有时候会莫名地回头，因为余光里忽然地闪光
曾经沉默在水底的，再次被冲上
赤裸的河床。到那时，河流会载着我
重新来到你虚掩的窗下

顺流而下

桃花开了，杏花谢了
河川一解冻就蹿到了很远
就像草冒尖之后能一下子绿到
白云的裙边

花拼命开一阵就歇了
风猛吹一阵就停了
你的裙摆飘一下就落了
仿佛所有的叶子只绿了一个眨眼
秋天就已经来临，河开始流得缓慢
一切都慢，像母亲手中的针线
不知在哪一刻就停了

走累了便停下来，看春天
依然那么有力气——
桃花一样地开，而杏花
一样地谢

一片荒地

忽然，车窗外闪过一片荒地
干枯的芦苇在风中晃动，脚下
同样泛黄的草茎取代了人迹
躺卧在节候的残酷里

偶尔有白鸟在上空飞过
它轻巧地扇动翅膀，迅速避开
人类的视线，就像这片荒地
在缓缓退出高速移动的后视镜

这并非可以习得的技巧
正如我此刻无法下车
轰鸣的马达正催促着我
赶往充满喧哗的地方

风景

清晨亮起了第一道光。这并非开端，
有多少事物在黑暗中劳作

生活让我时常求助于风景，哪怕只是一棵樟树
绿色是它终生的选择，有风路过时就即兴地歌唱
人世少有这样纯粹的语言

和天真，而这并不能阻止坏事发生，悲剧还是一样上演
比樟树在春天换下的叶子还多

几乎要赶上我的无用。

向一片湖水请教耐心，要如何累积蓝色，才能像一只
　蜻蜓
随时轻盈地起飞。

我在尝试轻盈。我在重复失败。我一次次走向风景
回答我的，是树叶之间跃动的金光

它并不能抵抗风的暴力。

明日小满

葡萄的绿在疯涨
手上的日子忽然就多得要握不住

石榴花太过耀眼，以至人们忽略了
它泄露的风声：梅雨正在不远处暗暗蓄力

鉏麑之死

（一）

越过宫墙，穿过草径
轻点过三声打更的颤音
黑夜里，谁也看不清
何人将会接过
死亡的请柬

我们都知道结局：
鉏麑死了。
躺进蠹鱼泛着银光
的小腹

没有人知道，鉏麑从赵盾房门
退出来的时候，月亮是明
还是暗

（二）

悬崖和悬崖在对峙
痛苦倾斜如屋檐，预备
随时决堤

暴君想要除掉权臣
这是历史的问题
鉏麑徘徊在刀刃上
这是人的问题

最终，刺客接受了
命运微微的一刺
神秘，如同庭前的
槐树

（三）

愚蠢。有人会这样说
越来越多的人在这样说
有刺客混迹于他们中间
行迹有些可疑

和可怜。早已没有必须要遵循的
指令和让你不得不
违背这指令的
心灵

唯一的白日昭示着
古老的摇摆
人们埋头赶路
迷失在一连串
明确的号码牌里

（四）

我们需要一个身手敏捷的刺客
就像玫瑰需要一段爱情

去刺破沉闷的水面
去把水面的倒影刺得支离破碎
让金色重新令人
目眩

时隔两千六百多年
那棵槐树依旧能
准确无误地
找上门来

写诗是为了什么

"写诗是为了什么？"
"为了描摹你眼中的云彩
和我心中的小径。"

"写诗是为了什么？"
"为了偷取花开的秘密
和水流交汇的词语。"

"写诗是为了什么？"
"为了游走在未开刃的刀锋
和楼群隐蔽的声带上。"

"写诗到底是为了什么？"
我无法回答，只好退回天地间
无垠的沉默里。

烟波门
——给朝贝

往事如烟否？烟波门修葺一新，收听
东湖即兴的咏叹，这波浪曾被我们
来回走过。多么爱那时的夜色，
风光村在酒沫里升起，晃出歪斜的人影
和飞蚊，追随我们，又追随涛声，一阵热风。
风里只有热，涛声里碎出新的涛声，
引诱我再一次跨入烟波。

扬波路慢慢俯身，露出坡顶
两辆鲜艳的小黄车：新的事物开始占领
生锈的栏杆。宿舍楼伏在蛇芯两端，
吞新面孔，吐老掉牙的歌，
最后，仍旧抛回湖水粼粼。
我们守住了几个忽闪？暗处只剩
一声猫叫，一道闷雷。

雨中迟寄
——给午言

迟来的未必更好，但往往显得更蓝
像傍晚的东湖，蝙蝠往来多遍
真是奇怪，很多事物只在回忆中显形
它们张开一对小小的黑翅，轻易就带来了

夜晚，我们彼此交换发愁的鲤鱼
现在正加倍涌向窗外的雨幕，涌向
你借来的丰水期。两道深蓝色的闸门
围起无处安置的页码，真诚是多年以后

我如约把停在岸边的云
一层又一层展开，如同此刻
你把尚且潮湿的词语一个接一个
弹射进无边的夜里

赠曹圆

向着天光的失足地，湖水收拢起
上一刻撒下的网，并漏出细碎的银
从那些不可见的缝中，从你口中
风在滚着铁环。

我们目力有限，天气好的时候
能看到远山的睫毛（是水杉么？）
在月光足够的夜晚，在沙漏的孔口
鲛人将归还眼泪。

丰水期循着旧约。投之以桃夭，报之以
黄昏一阵明亮的起舞。有些时刻
来至眼前才敢确信：所有隐秘的日子
呼吸如同蝶翅翕张。

最后的东湖

最广阔的事物总是最后才抵达。
你必须穿过层叠的楼房和三个路口，穿过
屹立多年的铁门和梧桐树。这还不够，
人世的轰鸣永远横亘在马路中央，让人摸不清
湖水的颜色：它只以部分示人。
或者说，你只能窥见部分，永恒的全貌非视力所及。

无数次追随波光和光中的飞鸟，等湖水
一遍遍将我推回，像波光被推回
飞鸟的巢：磨山在远处暗成一个窝。
我走过深邃的林荫道，风拂过叶子，仿佛湖水
拍打每一片鱼鳞。我也是其中之一，
在有限的幸福时刻，游鱼的欢乐堪比东湖的广阔。

谁都无法全身而退，除非真的纵身一跃
成为一朵浪花，或者是遥远午后被抛上堤岸的传闻。
梧桐抽送着新叶，铁门在暗中生锈，当人再来时
依旧要穿过三个路口。一个人声鼎沸，另一个
长满幽草。而在最后的路口，会忍不住回首
四周是树林哗哗作响，像振翅的鱼群。

影的涂写

车站的呼吸如此沉重：人流
用脚后跟将彼此推向远处——
新餐具，旧衬衫的折痕，或者是悬在半空
等着再次上紧发条的时钟，偶尔是街心花园里
瘦樟树迅速抖落的灰尘。不，不能再远了

生活即将走出安全的视线，走向
易碎和虚无：窗户向外开着，只有光
撑开一片片垂直的海。脆弱沿着空盘子
一路滑进衣领，灵魂无法赤裸出门
我们不过是影子腾起的浪花

夏日绝句

很快，
更深广的绿将迫使蝉声
　　　　　向无限里去

突然飞临的事物

是突然飞临的事物把我捞起
可以是一只雨燕，或者是它降落的松枝
轻微的声响总让人细听，譬如一朵云
偷偷躲进箱底的旧衬衣

是突然飞临的事物，而不是别的
不是松枝，不是雨燕，除非消失在你眼中
这措手不及的镜子；这越滚越大的寂静
把我推向不断飞逝的黄金

重逢有赠

偶然的重逢让人不禁相信
一切美好皆是偶然所赐，
像飞鸟无心衔来一粒种，或者就像飞鸟，
就像种子抽出整个春天。

一切都在短暂的相拥后变得合理。
脏乱的街道是合理的，山路是合理的，
甚至在雨中的道别也将是合理的——
在这幽暗的夜里，我没法不相信

那些迎面而来
闪烁着白光的树叶和蕨类。

十一月

季节逐渐脱下生命的华服，我们翻出
压在箱底的形象，随手穿上
又随手安放。

树显露出更多的指针。它们曾经指向
细雨里的台阶：有人在那儿
等待过片刻。

空旷的日子是危险的。
容易走神，你微微抖动的睫毛，
有点儿像一排远去的雁行。

还有叶子在枝头打旋，
想要分发一些注定落空的希望
风加快了你的脚步。

可你明白，不是风
是那些已经失去的，
在领着你往前。

雪歌

（一）

只有雪在诉说
雪在诉说人世唯一的纯洁

只有纯洁在诉说
纯洁在诉说转瞬即逝的雪

（二）

你跟着雪一块儿
来了，我知道
从那扇被人遗忘的窗
雪在身后，帮你
抹去了脚印

（三）

雪让人正当地陷入
沉默。你靠在窗台上
感到雪是必需品

（四）

世界成了一场哑剧
此刻，从手中掷出的雪球

已经是最有力的语言

（五）

取消必须，取消尖锐
那么无法被取消的
将更加清晰

（六）

雪感到有点儿累了，停在
前一刻的雪上

永恒的内部
也是这样疏松而多孔吗

无题

一切都让我想要歌唱。相爱让所有的事物变得

简洁：无休止的风，嬗变的阔叶林，一扇窗打开永恒的

　凝望。梦

从来没有这么大声过，像窗沿上不断积压的白。

桃花不再需要藏着掖着，一阵风再没有头绪也能吹到

你的跟前。

我重新抬眼看你（桃花一路追到镜中）。

还可以更简洁，简洁到发亮，简洁到只剩

　一双臂弯。

北方的冬天很快就要过去

爱情吻了我，我就挣扎着冒出一排花骨朵儿
母亲吻了我，我只能沉默，或者捅她几个血窟窿

白桦树依旧伸长了脖子在等，上面缀满了去年春天
透明的出走。柳树在等，乌桕树在等，我袖子里的刀也
　　在等

一个突降的好天气，劈头盖脸就落下来。燕子，白玉兰，
　　激滟的波光
就都有了。阳光一时有些晃眼，虚无正在占领我

四月二日东湖道中遇雨

铅灰色的暮云把天空压得越发
低了。远山只好跟着往下伏，
新绿四散，慌不择路蹿上
你发亮的余光。天色昏暗反教人
兴奋：薄薄的春衫已经被大风吹沸，
谁来试酒，东湖从未合上过樽盖。
还差一点点，鳞片就完全碎成
波光，和头发乱成一片。
车轮变得紧张起来。大桥
躬身而立，准备随时逸入红灯后面
的旅店。笑声率先抖出，刺向
攒够了秘密的隐形口袋。
此刻需要一个神启：额头适合于
迎接第一滴雨。世界就此松动，
并且倾覆得这么快。我们只来得及
紧握彼此，呼啸着冲进
记忆的窄缝。

并不为他带来鲜花

突然的雷雨持续到了
第二天早上。他想起昨晚
或者说无数个相似的瞬间
路灯泛出水汽，一丝声响能在路面上
留下长长的痕迹。还有人在走动
在某条街巷，在某个钟点
他倚着窗户在听，觉得
黑暗中的东西离他更近
但不必伸出手。远距离的
模糊信任一直持续到第二天
晴空：一片易逝的蓝

注：与朝贝、午言同题作。诗题与末句出自 R.S. 托马斯
《让步》一诗。

松陵镇即事

一场暮春的疾雨把我递给
偏远之地。远意味着
更多的灌木得以保存，星相在捕捉
地图边缘甜蜜的冒险。
沉重地沉入睡眠，我们身体
轻盈，踏水泥的头盖骨借力飞
遁，像栾树叶新泛出电波。
你熟悉羽状和互生，它们铺展开
这个没有松林的城镇，交代出
空荡荡的宽阔，等
晚归人抖落剩余的花。
路灯勉强挤出点显影液，
任凭我们变灰、变淡，消逝在
水面：一面旗迅速地更新自我。
疾走加剧了钟摆，夜色被拨至
你寓居的巢，六楼，松陵镇的腰部
并不婀娜。但我们都记得
出门是个黄昏，一颗跃动的心
如何燃烧尽自己，在白壁上
轻轻拓下两个相依的影子。

凌晨五点雷声大作

梦被斜斜地犁开，没有鸟鸣从中升起
这略显贫瘠的时辰披衣而立，和窗户分担

鱼鳞般的雷声。听着它们游近或远遁，
又蓄力踩出深邃的眼眶，雨水已经埋伏在天气预报中

谁率先掷出雷声问路？迟来或提早才是恰好
就落起雨来，和低垂的天一个颜色。雷仍在结网，

愿者被赋予透明的翼。窗玻璃喃喃自语，
而卧榻之侧，有人尚在酣睡

暴雨蓝色预警

杨树垂下纷纷的手掌
随同时针缓缓步入黄昏
蝉声顺势滑落，像枝头积了整夜的雪
忽然跌进无限的白

燕子围着手机屏幕低旋
古老的预言将率先在这里得到验证
没有鲤鱼探出水面，雨点直接插播进
被手指迅速滑动的当日新闻

乌云垒得没有声响，路灯只好匀出
更多的光亮。风也漫了上来
倒没有吹散人群的影子
这白昼堆下的疲倦是多么结实

只有墙角降下了凝固的闪电。漆黑中
忽然有雷声滚过，留下一床团起的毛球
我们口说戏言，留耳朵在暗处
分辨雨声或是林叶的交刃

回乡偶书

（一）

没有什么比母亲更加依赖我的血液
食物链顶端，烟囱不再吐出青烟般的童年

这沉默的喉咙。只有风
在无休止地散播婚期和死讯
它们都指向同一个地方：我的背面

（二）

小卖部的老伯已经认不出我，当我去买
白象电池的时候（爷爷的收音机早就换了个新的）

更多的人会把我遗忘，正如我会遗忘所有
如果打开失事的黑匣子，故乡便坍缩成
异乡街道上一朵蓝色的牵牛

淼泉镇的三座桥

整个淼泉镇当然不只有三座桥，
我说的是自己最常经过的。
它们离得很近，且都是拱桥。
最大的那一座，连接着镇上的
主干道，通往超市、菜场和卫生院。
人们每天卷着大大小小的事情从
大桥上走过，像飞尘，来不及停歇。
偶尔会有站满鱼鹰的小木船分开
浑浊的河水，进入无人询问的
阴影：那些我曾经私自占有大桥的时刻。
那时我还会和母亲一起骑车去买菜，
上桥我总是比母亲骑得快，总是会停在桥顶
回头，等母亲追上我，再追着她
下坡。就像现在，母亲总是在回头，
总是在下坡。

我已经追不上了。谁也追赶不上
桥头的落日。我只能在那座没有名字
的小桥上，稍立一会儿。
它紧挨着大桥，几乎没有什么
坡度，仅仅是为了跨过身下
一条细窄的河。称不上美，尤其

水早就不能用来淘米、游泳。
东侧的护栏已经被撞坏了一截，
裸露在外的钢筋锈成了河畔
水杉笔直的深褐色。
我很喜欢这一排树，过去有五棵
或者六棵，甚至更多，夏天会落下一层
浅浅的阴凉，童年借此藏身。
树下还站过微驼的奶奶，等我
从一个阴雨的城市走出来，再次翻过
前面的那座大桥，再次从这座忠贞的小桥
顺势右拐，流进
体内一条隐秘的毛细血管。

还有一座桥已经被拆了，上次心血来潮
想去看看的时候发现的。如今它有了
名字：反帝桥。红色的字
僵硬地侧躺在石灰粉上。
我爱它从前的模样，青红色的路砖
被用心地砌成弯拱的形状，
你只有放声大笑，眉毛才能
弯出这样一道上弦月。
上小学的时候，我一天来回两次
要走过这弯月牙。当时脚步快，
总担心桥要塌，现在站在
平直苍白的新桥上，想到：物是人非
也许是另一种宽慰。

昨日已经隆起了一个坚固的弧度，
所有远逝之物，都被打磨出
明亮的声音。

有时候爷爷会来接我放学。他老是等在
大桥脚下的小卖部，看到我就笑。
我每次都不好意思地要上一袋
"香菇肉"，五毛钱，没有吃厌过。
随后就一起往小桥走去，拐弯后
依次经过那一排碧绿的水杉。

雨中

人世开始变得模糊，唯一响亮的
是无数银灰色的针脚

为忽然涌现出来的自我
织造一面茫茫的孤独的布匹

立春

时间的转盘再次指向
母亲反复的牙痛。她开始赌,
我会不会在新一轮的雨水中留下来。
清新的空气只停在我小学作文本
的方格里打转, 像母亲
整日为生计奔忙, 习惯于
和厨房的四壁比拼耐力。
她慢慢为我整理衣物。我在窗口
看雨, 感到春天竟也这样贫乏。
阴云一直低到常年的腰酸,
被黑色屋瓦叠起的缄默

                             托住。

此时, 多么需要
一只归巢的燕子, 一个轻盈的回旋。
可依旧只有透明的雨水, 只有
这同时感到的隐秘的刺痛。
远处, 偶然有风
摇撼樟树的冠顶。

二十四年

那片湖水反复摩挲着铁石的肠壁
——也许是倦了。
你径直走来，在径直的光里
打结，却遗忘更多事：
波澜陆续伏进了远处的黑。
直到此刻，晨光拉你起身，
（它的手竟能透过槐树和窗纱！）
才想起有一种甜，
秘密流动于时间的锁孔。

红花檵木

知尔甚深否？能否深入你的根系，深入你蒴果裂开的
　　方式，深入
你的名，拆解出一段南方的好天气。你本就是答案，
　　散落在
我经过的路旁，日子滚起的尘埃将你掩盖成谜

一切深入只在皮毛，旨在于熟稔皮毛。只有皮毛能听到
　　记忆里
细微的响动。小花摇晃出红，最可爱处议论着人群纷纷
而我一寸寸亲吻过，你叶背微微刺人的茸

去看海河
——给午言

海河正向我们走来
不是在那个蓝下午，不是兴之所至
涌起的波纹，像白蜡树
已经卸下多余的词
从相机的焦点中从容脱钩
穿过施工道路和空教堂（拐角
还站着学生乐队的歌）
来到我们身前，说
"今天的海河一定很美"
是啊，路边灌木忽然间缀满
小小的果实，车后座气球欲飞
所有沉重的容器里，都升起海河
不远处，隔着未知的深秋
有一段灰蓝的腰身替我们跳起了舞
风变幻它的裙裾
友人偷它的骨
去看海河，去看一看
时间将拥有什么
我们站在海河岸边
随着天色变黑，变黑，变黑
只剩下伸向远处的声音
偶尔跃起两道水波

053　被一个逃逸中的黄昏
　　　擦响

永恒的练习
去看海河

配钥匙途中

天光被集体发配到正午
鸣笛声刺向平日木讷的红墙

天桥在脚下隆起，像临时的祭坛
我要到马路的对面，去寻回

旧日爱人：一缕严丝合缝的声音
黑暗中无序的肉体反复磨损出

生活急需的信任。没什么异样
除了我丢失了一间房屋的所有权

以及更多细小的锁，它们通向
诸如拧开牙膏时的秘密螺旋

上升，似乎有东西就要涌出
一切都在明言：无法再次进入

曾经的居所。风踏过新绿的叶子
在后视镜中一闪即逝——

我攥着一把复制品，竭力躲避
这垂直时刻降下的诘难

晚年

水烧开了，这所房子
所剩无几的声音
例行药片已经摆上
褪色的桌布，如同
婚姻：失败已经一览无遗

还是一起坐到桌边。你
仰头喝水，毫无美感
你也不会再把手偷塞进
我的掌心。轻搅水杯
是微微下陷的爱的旋涡

乌鸦飞过东四十条

阴沉的天空响了一声乌鸦叫
只有它能看到晚高峰

光秃的头顶

没有什么新鲜事到来
变换的只是不断淤积的车牌号码

一只乌鸦飞过东四十条

黑色的眼珠里映出森林的图景：
无数队蚂蚁正在拆解鱼鳞

永恒的黑色伸展开手脚

我的心底忽然涌现出几滴往事
又迅速被鸣笛蒸干。看，垂直的玻璃湖面

乌鸦无法在上面投射出它的影子

而我快与影子无异。黄昏将人拉成
一根细针，斜斜地插入红绿灯的间隙

乌鸦来回地穿过你的针眼

它在找一截
　　　覆雪的松枝

理发途中

攒了三个月的烦恼丝

堪堪把眼睛遮住，不像古人

发起愁来，白发一下子三千丈

都能分一绺给路边的垂柳

替我挡去些施工的扬尘

和轻浮人世。夏天已成气候

梧桐，栾树，洋槐，纷纷盘起

绿色的鬐髻，一种古典的光辉

受挫于交通安全和三楼大妈

对充足光线的需求

光线，这天然笔直，无须烫染就泛着金色的

日轮的发丝，每一刻都在减少，直到

我遗忘所有，秃成一座矮坟

冬天将拿起她的剃刀

梧桐，栾树，洋槐

会再一次经历失去，一次平常的理发

经历上百次失去的坦然，恰如我们

把理发当作小事。一件，又一件，被扫入

碎发堆。只有理发店门口的旋转灯

不断重复自我，不知疲倦

出殡（一）

所有人开始围着你的小房间
转圈，仿佛滚动的蛹，却没有新生。
只有一格天窗，开向我们这些活在外面的人，
死亡仿佛月光，寂静坐满了你的嘴唇。

我知道黑暗里有什么。
一根拐杖，你常穿的中山装，
年轻时候的鸭舌帽（我还曾见你戴过），
更多你也许用得上的东西。火焰是唯一可托付的邮差。

何去，何从？我们日里叠金箔，夜里叠银箔。
金箔叠成金舟，银箔叠成银舟，此刻都泊在你枯萎的岸边，
你做过船工，在病榻上向我讲起，我想递出手，我想你
　　会登上哪条船？

唢呐如号。抬棺人解开船锚，我们就被抛在了身后，
屋顶远了，路牌远了，白色的夹竹桃远了。他一层层打
　　开套盒，
他越升越高，直到听不见地上的哭声和口角。

出殡（二）

偏头痛爬上
白色的女儿，她刚哭过一场。
有人来吊就要有人去哭，
并在眼泪的间隙记下礼金。
来客一声叹息，汇入
近日的新闻。

请来乐队，请来道士，请来
好评的哭丧人，腰间别着
悲伤的扩音器。
悼文有些唠叨，你只能
忍受，燃香的灰柱里泛出
老腰酸。

路上不愁盘缠，连欧元
都厚厚一沓。（看来
是真要远行了）
匆忙打点衣物，
黑色的行李箱上还留着
建议零售价。

塑料花团锦簇，都是

孝子贤孙：要经得起别人指点。
把程序认真走完，磕过头，
在哀乐里起身，捧牌位，
扛花圈，撒黄纸，
悲伤各司其职。

"雨过天青，真是个
好天气。"公路旁，
夹竹桃泼洒出浓白，
不像身上一次性的丧服。
且在鼓点里打盹，留着力气
算账，等夜深人散。

人们熟练地操办这一切，
最终却无法为自己
尽一点点力。

在外滩

例行到此，风景从图册中露出
遗漏的蹄印。天气阴沉，
没有妨碍和对岸的标志性建筑合影，
那些快速矗立起来的游客
任凭云气拂过铁秃顶。

江水不断模仿我们的形象：
浑浊，软弱，犹疑不定。
我感到相似的瞬间，波浪献出
一只皮鞋。起伏，
悬铃木瘦小的手掌

无法握住什么。玻璃幕墙上
放映着一排洋楼的缄默，
仿佛比自身的历史还要长久。

（而玻璃比自身更加易碎，像晴天
江面上腾起一阵闪光。）

钟楼缓缓敲了四下，百米外
刚叫的滴滴司机堵在路口。

我准备出门去买些土豆

我准备出门去买些土豆。
货架上，挑剔的目光
正在黄皮肤上逡巡。
没有人在意过往，
它们如何被刨出，装配，
运往每日菜单。
想象中颠沛的一生，
售价：0.98 元 / 斤。

我准备出门去买些土豆。
餐桌开始容忍可怜的花样：
无非是切丝、切片、切块，
不过配青椒、配肉末、配茄子。
日子仿佛散开的土豆，仿佛
土豆表皮上散开的黑点，
而新的土豆依然在加入
这密集的黑点。

我准备出门去买些土豆，
或者是别的什么，都一样。
茄子和土豆的差别，并不比
土豆和另一颗土豆

来得更大。只是忽然看到
今天的夕阳，想它没入冷冷的海，
会不会皱缩成一颗
黯淡的土豆？

我出了门，却不知道
要去买些什么。
风一阵阵吹来，
我忽然滚入
众多的土豆。
尚带着泥屑的沉默，
迎候更高的手，或者
鲜红的利喙。

从家乡街头购得两枝木槿返京

（一）

北方没有这样黏腻的舌头

裹着童年直递进肺腑

但花又那样小，绿叶层层叠起

涌出无形的海。海的浪层层托着，一粒客船

（二）

香气消散了不少，当它一夜跋涉

来到案前。黄色小花上还带着南国的宿雨

让人想起母亲临别的眼睛。北方没有这样的问候

用日益的萎败，显露心迹

初夏夜

阵雨后的夜晚露出
光滑的背脊。
肌肤上的空穴，
吹出秘密的凉意。

杏树手捧白昼的雨声，
而果子已被人捷足先登。
它开满白花的时候，
我们也从旁走过。

街灯在水洼里出神。
远远地，雷声忽闪出白牙，
吓得雨滴跌坐上
我的前臂。

去寻暂避的凉亭，
却是紫藤萝织成顶。
从中泄露的往事
蒸腾起云翳，荫蔽

这个短暂的夜晚，
这些来来往往模糊的人影。

归途越来越短，夜空越来越大，
像手中刚买的椰子灰。

元大都遗址公园

碰面地点，是公园里一条
红色的铁桥。桥上来回闪过
花瓣似的面孔。

一切都是崭新。新移栽的海棠
成了一处新景点，新来游客
在新建的仿古廊道里，
翻看新拍的风景。
就连刺槐扎根的黄土，
也充满了新时代的包浆。

我们不断变换姿势，以躲避
水波涌出的历史。它的绿眸里，
此刻闪动着，一片玻璃幕墙。
我们的影子也在，
我们影子的欢笑也在，
在不断涌出的水波里。

旧迹消失殆尽。我们翻过
低矮的土坡，走上了柏油马路。
在身后，新的遗址
开始有了模样。

无人售票

一切似乎都没有更新
结冰的河上，人们跳起
去年的舞，又迅速消失在
公交车窗外

太阳正在被雾霾磨出
细细的金粉，敷上
玻璃幕墙，扮演走马灯中
闪亮一时的角色

谁会在意？大家各自出神
身外化身，无非一棵秃木
在冬天，努力显出一点
久经人世的智慧

却更加沉重。只有标语
轻飘飘的。在反复讲述中
词重新陌生，正如我们
在反复呼吸中

成为死亡的可吸入颗粒物

道旁见杏花作

公路的腰窝里，冒出来两棵杏花
淡粉色花朵挤在尘霾里，热切交谈

它们发明了新词汇吗？
春天，一个大型批发市场，柳枝鼓起
嫩绿的疱疹，在去年的部位

但我还是惊诧于这种似曾相识
这种推动锈躯裂出汩汩春水的耐力
猛不丁一推，让一年生的生命
在早高峰的红灯中飞出很远

雨夜即事

再次下楼的时候，
雨几乎停了。
那些飘荡的银丝
不必撑开手中的伞。

人群被赶回巢中。
路灯下，事物模糊的身影
更加幽暗。我缓步经过，
我加深了幽暗。

来回走过的路，在雨夜分出
隐秘的小径，像伞柄分出
伞骨，分出一丝一丝
飘荡的自我。

银丝又密了起来，
把心事缝入虚无的夜晚。
手中的伞张口喊出
一阵未来的雨。

偶感
——遥寄姜饼君

诗可以代替我去往
隔着海湾的异域
某天傍晚，你会惊讶于
门口凭空多了
一个词语的锚点

我将循着它，爬出
现实的深水域
水面之上，是别处的新氧
暂时将肉身激活

一再推延。你看
浩茫心事筑起的重山
要如何翻越

诗只能隔空抛来一条
空绳索

昆明湖

湖水把人群层层推开
我们踩着船，把湖水推开

远山来到目前，远山上
的塔尖刺破一滴蓝

音符流出。不必细听
像柳枝任风轻拂

唯一要注意的是皇帝。他
从宫殿中出走，来到

我们口中，往事浮出水面
在身后转动成碎沫

虚无的世界里
我们是实心的桥孔

直到湖水
把我们再次取消

注：与午言、陈翔同题作。

一线天外
——给 Z

云雾重又升起的时候
你已经消失在悬壁之上

是否有清溪芳丛
是否有鸟雀从幽深处展开灰翅

为我捎来你兴之所至留下的
波纹　泥印　轻讶　烦恼丝

是否在曲折中闻听
山岚的词缀啮湿了翻飞衣袖

更多的人扶铁索而上　更多的人
在险道下徘徊　想象天外风景

——一种无限　涵于有限的自身
以及真实的丈量　直到白色的宁静

把我围拢成崖上的野草
等待罅隙里随你洒落的一点金

路边野餐
——兼赠小桉

就这样，在路边的长椅上
我们相对坐下，打开
餐厅喉咙里推出的晚餐

没什么好抱怨，连日的新闻
令人沉默，欲搭乘愤怒的飞沫
成为遥远时空的伴随者

不得不惊叹词汇的发明速度
就像要日日刷新的二维码
逐渐消磨作为人的属性，直到

你忽然抬头，看到新月初升
这亘古的意象，不必克服困难
就能跃出楼群的封锁

此刻，无遮蔽的天空环抱住
所有在窗前凝望它的人，还有在路上
谨慎踱步的人，他兜里揣着电子的凭据

还是看看行道树吧，以及树下
未修剪的灌木，这是另一种绿，一种古老的绿

它们伸展出手臂，说出的却不是隔离

天色暗了下来，我们谈论起未来
可没有更多的词，只好起身收拾残渣
在这清辉里多走一小会儿

也许当下生活的办法，就是
将空降条文中规定的进食政策
铺展成晚风里的一次野餐

雨中短简

　　微信的聊天窗口，我们说起雨，说起铁铸的方框外，正在下雨。世界倾覆得这么快，我已经坐在，自由坠落的声音里。你也经历过这样的场景，或许就在昨天早晨。今年北京的夏天简直和南方一样荒谬，闷，溽热，断续的雨，悬在我们头顶的是不用预报的太阳。难以逼视的东西太多，你只能先专心对付眼前繁杂的表格。是什么在磨损我们的语言？起身来到窗前，想象你说傍晚在看云时，升起的究竟是怎样一种形象。在以往的诗里，美足够自足。而如今，晦暗的雨将我们在夜晚联结，更遥远的雨幕里飘来残酷。我们伸手接过，虚弱的自己。偏左或者偏右，一滴雨对自身到底有多大把控。难说，有多少沉默伸进了喉咙。在时代的缝隙中，我们尽力喊出，一阵哑雨。

未竟之诗
——兼赠立扬

玄武湖上空的雪似乎还在飘着……
白色屏幕里，我接到你结婚的消息。
那些纷扬又消融的词语
在更为广阔的现实里，
一点点重新凝结出形状。

会是一道门吗？像我们曾经并肩
走入黑暗中的玄武门。
留守城市的霓虹，收留了
两条游晃的影，没有失意，
只是开始觉察到某种严峻，路灯
被寒意渗透出一丝冷酷。
南方少有大雪。诗
适宜从此铺开，把忧愁抹抹平，
在衷肠里打个漂亮的蝴蝶结。
这般小巧的礼物，如今我已拿不出来，
生活塞给了许多新东西，而
雪，暂避虚空。

空里流动着，记忆的回声。
我们是更趋近于那晚深沉的湖水，
还是湖水边清扫出的
硬雪堆？

草稿
——给于笑

当你来到路途的终点
回看。一切都轻盈，如同一行句子
被来回修改，飞入冥冥

当一个旅人歇脚时（是我么？）
偶然从风里取出，一段奇谈（是当时的草稿么？）
细看时，字迹早已漫漶（是眼泪么？）

是生命洇出的层层墨痕
倒映出一颗心，曾凝结过
幽暗的银河

川陕哲罗鲑

你从遥远的冰川期游来
星斗在你头顶旋过了百万年
高山上新展出的枝叶
在你细鳞上投下，恒常的斑纹

你好动，凶猛，爱独行
游到了大渡河鱼类生态链的顶端
但牙齿再尖利，也咬不开四面的网
电流轻易就追上，有力的鳍

你是否也惊异，世界变化太快
甚至还没明白天敌是谁，不远处
就又隆起一座铡刀，截断了
你计划好的洄游之路

只能继续游。你从沙石间侧身
游过机械吊臂，游过混凝剂
游过最近百年里，涌现出的所有进步
一路游进国家一级保护动物名录

你终于安下心来，准备产卵
在这仅存的家园。有人穿过隧洞，塌方

带来人世微弱的温柔，像水波
轻轻拂过，又在互联网中，消弭

下一个春天，你会游向哪里？
脱离水，脱离你梭形的进化史
从山溪间拉起的横幅上，一跃而起
停摆在博物馆，低头认你的拉丁文学名

没有了肉身，也许能游到更远的地方
你会寻觅新的河谷，还是一直追随山脉的起落？
你天性喜阴凉，沿途是否会经过
人类的墓园？

超级月亮

新闻里预告
今晚会有超级月亮
甚至精确到了
秒，月亮将在那一刻
呈上最大的面积
早有人占据
构图的要津，等待
近地点的美升到
底片中
预留的位置

我记忆中最大的月亮
是在高中某天
晚自习结束之后
不经意回头
看到一轮明月跃出
于两排教学楼
之间，它表面的暗影
简直和月光里伸出的
草叶一样
清晰

有一种美

无法主动去捕捉

只在瞬间，你的心灵

被纯粹的形象

击中

JOKER
——戏赠诸牌友

人生难有孤注一掷
　　忙里
　　脱钩
　　四方
　　易主
　　机巧
　　用尽
　　牌有
　　运耶
幸　　无妨
　待从头
　　来

注:诗中扑克牌玩法为"升级",有一特殊规则"J到底",
被J下去一方要从头打起。

在新馆打完羽毛球，骑车回家，
忽见一丛黄花闪耀

这是一条没有走过的路。是谁
用金粉在棣棠枝头吹塑出夕阳的化身？

我转头望去，在两栋玻璃泡沫之间，
永恒正压下圆拍，斜斜地，发来一记扣杀。

想起朋友在武汉江滩边的婚礼

是一个白晃晃的下午
江面上，船只移来，移去
空椅子已就绪。我们从水边折返
准备聆听婚礼的誓词

一句话重复千遍，仍有人愿意
郑重说出，这是等同于山川
带来的感动。而现在
我们只有山川一样的沉默

白色喷洒过三年来全部的下午
一句话把人移来，马上有另一句
把人移去。只有野草还守在
吞吐呜咽的江边

空出来的椅子也被移走。什么
都会被河流冲碎吗？我们就这样
含着肉眼难以分辨的沙砾
再次坚固，幸福的词语

重过烟波门

我忽然被一种真实的虚幻包围
仿佛从湖底涌出的，仍是当时的月色
月色照着来往全新的夜行人，而我
冒充其间。十月了，空气竟还带着暑热
风中飞动的衣袖，被门口的电单车管理员喊了
停。一切都在更新，我踱步四顾
迈过了晦暗不明的烟波门。
有什么不同吗？
亘古的夜色照耀着瞬息的人（而我冒充其间）
我只能问，还剩下什么？除了
这日复一日的涛声。是啊，闭了眼
就只有记忆。我也是这涛声的一段记忆
重复的、破碎的，分发给来往的、瞬息的、全新的人。
波浪里没有更多的故事。它只递过来
月亮大小的一点宽慰，很快湮没在
夜泳者的打闹里。真好，还能在月色中
纵身一跃，随后在陌生人的歌声里上岸
就像虚空收回覆水。
而我该回到哪儿去？要是能
像远处的水杉就好了，没有地方可去
不断在比夜晚更黑的地底
挖掘自己的心灵。

再站一会儿吧，任湖水
取消自己的肉身，获得一棵水杉
所拥有的平静，即使是片刻。
多好啊，在那崭新的月色里
我将去爱。

重游东湖凌波门栈桥
——赠段慧明，兼寄武汉诸友

再难有这样的夜晚，任凭月色
牵引，我们暂时从现实里脱靶

不必命中别人的期待，斜落到
栈桥——记忆的脚手架，全是

模糊面孔。我们在晚风里坐下
从东湖恒定的波澜里打捞往事

以及往事中，未曾注意的细节
都是笑谈。旁边有女孩抱起了

吉他，不是为心上人，不是为
往来的游人，轻轻弹唱出旋律

像我们脚下，一截温柔的水纹
（生活的水纹才刚开始研究）

扑通。这里从来不缺乏夜泳者
他们搅乱远处霓虹，投过来的

亮光，仿佛我们心底，破碎又

重凝的意义。聊天总是习惯于

先从轻松的地方说起，再慢慢
踅进沉重里。生命这支短铁箭

不觉中，指向苦的磁石。后来
我们都不再说，静静吹风，看

天上月，为人世降下蒙蒙清光
最隐秘的曲折，不妨交付流水

最终粉碎在飞蚊嗡鸣的共振里
起身折回，还是能觉察到改变

凌波门已紧闭如蚌壳。我们是
死亡短暂吐出的遗珠，四散在

不同的黑匣子中。时候不早了
各自找车骑上，沿着它的边缘

走一条未经历的路。一边是水
一边是时隐时现的土丘，一会

是红绿灯，一会是埋伏在平面
地图上的灌木丛小道。黑暗中

世界的形象在余光中快速褪去
只有感觉、心灵、悲伤是如此

真切：手紧握车把。从此以后
我们将踏上更难的路，甚至是

无路。回想今夜吧，栈桥非路
却容纳过两个过客徘徊的脚步

若有一日重回此地，多么希望
我们不再借助湖水来揭示自身

壹　　南国指南　黎衡

贰　　春归集　王悦笛

叁　　**永恒的练习**　述川

肆　　落日报告　张朝贝

伍　　礼物　陈翔

陆　　机器娃娃之歌　张小榛

柒　　雾的深度　午言

捌　　胸中晴朗　姜巫

玖　　柔软的苹果枝　赵成帅

拾　　蛮蛮　康承佳